KB039894

산새가 등고선을 그리며 날았다

김희자 시집

산새가 등고선을 그리며 날았다

달아실 기획시집
10

달아실

일러두기

1. 본문에서 하단의 〉는 '단락 공백 기호'로 다음 쪽에서 한 연이 새로 시작한다는 표시이다.

2. 보조 용언과 합성 명사의 띄어쓰기 등 본문의 맞춤법은 시인의 의도에 따른 것임.

시인의 말

아무런 준비도 없이
내 열정의 객기에 끌려온 시들아,
처절하고 좀 더 황폐해져야만 하는데
무모한 절정을 맛보았기에
강해져야만 살 수 있는 곳
버킷리스트 사막에 걷고 싶다.

쉴 새 없이 흔들리며 따라와 준
가족 모두에게 이 첫 시집을 바친다.

2021년 2월

김희자

2부

1부

청개구리의 휴거

사방이 막힌 줄 모르고
청개구리 한 마리
목숨을 건 탈출 시도해 보지만
결국 제자리

시심을 건지려
문장의 촉수 사방에 뻗어 보지만
어둠만 핥다
결국 방안

기어이 비껴날 줄 모르는
악문조차도 허락 않는
어둠의 입안

무엇을 던져야 하나
무엇을 던져 주어야 하나

아득히 굽은 열정
가쁜 숨을 할딱거린다

부산역, 여름

잃어버린 집결지를 찾아
녹슨 포복으로 사람들은 몰려오고
아나키스트 영혼들 여기저기 널브러져 있고

침묵의 관을 옆에 끼고
그 옆엔 장송곡인 양 기타 소리
벼리고 벼린 햇살에 비틀리고

거대한 도시가 피워낸 잎들
소란한 그늘을 업고
멈추어 버린 시간을 업고
썩은 바다와 쓰레기의 양분으로
성장하며 너덜거리고

뜨거운 햇살아래 수많은 사람들
시간을 숭배하며 끊임없이 흘러들고

게릴라처럼 번쩍거리던 햇살과 그늘의 침묵
생계의 시발역
서로의 극지를 향해 쉼 없이 달려간다

전전긍긍 수집가

휴대폰을 물에 빠뜨렸을 때

민망한 단어를 내 아이가 물었을 때

휴게소가 먼 데, 마려움을 참을 수 없을 때

들키고 싶지 않은 약점을 친구에게 들켰을 때

아버지의 암 소식에 걸어도 걸어도 제자리걸음일 때

약속 시간은도착했는데 차가 길에 발목이 묶였을 때

징검다리 건널 때, 중간에 돌이 하나 빠져 내가 징검돌
이 될 때

매번 얼굴을 바꾸는 전전긍긍 때문에 전전긍긍할 때

버릴 수 없는 어제

지난 세월을 버리고
바랜 추억을 버리고

오래되었다 버리고
더러워졌다 버리고
유행이 지났다고 버리고

하지만,
오래 쓴 내 몸뚱어리 버리지 못하고
때 묻은 내 마음 버리지 못하고

새 가구 들이고
곳곳의 치장
흐뭇한 마음 되어 둘러보니

버린 세월 버린 추억이
버리지 못한 내 몸뚱어리
한가운데 붙어 있다

위장술

장난감이라며 심어 둔 팥 모종

발자국을
먹고
번개 호통소리에 깜짝 놀라 키 늘리고

서리가 올 즈음
잎이 누렇게 말을 바꾸니
열매들도 따라서 누렇게 변한 양심

위에서 보이지 않고
뒤집어 보아야 보이는

장례식장 입구부터
대성통곡하며 들어오는 팥 한 알
나도 이집 팥이라며
상주와 유가족 속에
깊숙이 위로를 심어 놓고
〉

첫새벽
부의금 통 뿌리째 뽑아
사라지는
팥 한 알

엄마나무 끝에서 부는 바람

오늘도 어김없이
자신의 머리를 벽에 부딪고
가슴을 쥐어뜯는
쉴 곳을 몰라
허우적거리는

엄마보다 덩치가 큰 아들
아기 달래듯 달래 보지만
브레이크 없는 분노로
내동댕이치는
엄마

성한 곳 하나 없어
엄마는 아파할 겨를도 없어
눈을 떼지 못한
아들에게서

아들은
점점 가시로 자신을 감싸고

날개를 펴 보지만 제 가시에 찔려

흘러내린 피

엄마나무 끝에서 그리움을 쪼고 있다

두 평의 과녁

전쟁이 시작됐다
크르릉 드르릉 푸~
매캐한 연기가 포연처럼 스멀거리고
총알이 튀기듯 이빨 소리

뚝!
정적이 감돈다
잠시 휴전상태
떠지지 않는 눈으로 겨우 사방을 둘러보고
적군이 없는지 살핀다

기다란 능선이 꿈틀거린다
밤하늘에 쏘아 올린 조명탄처럼
보안등 불똥이 쏟아진다

놀란 가슴 쓸어 담고 몸을 움추린다
혹여 열화우라늄탄

조그만 구릉처럼 부풀어 올랐다

서서히 낮아지는 평온한 능선 하나

두 평의 과녁에
근심을 맞춘다

꽃밥 공양

산을 오르다 지칠 때쯤
빠끔히 내미는 표주박암자
댓돌에 놓인 하얀 고무신 한 켤레

여기저기 피어 있는 형형색색의 꽃
불두화 눈을 내리깔고
햇볕이 그늘새김하는 꽃살문 저쪽

법당 문 하나만 열어 놓고
삼배와 기도 속
숨겨 둔 발자국을 채우고

독경 소리
꽃들은 법문을 깨달아
향기로 산문을 넘나들고

오늘
꽃들을 모아
고무신 한 켤레

꽃밥 공양하고 있네

손에 묻은 훈계

새벽 산책 길
집을 벗어나 공원 초입
낙엽 소복이 내려앉아
줄 것이 있다는 듯 손짓

머뭇거리는 동안
한 잎의 낙엽이 파르르
내 귀를 스쳐 어깨를 토닥
무엇이라도 들으라는 듯 토닥토닥

채찍길로 흩어져 가는 낙엽
바람이 잠잠해지면 그 자리에 그대로
오던 길 더듬어

발걸음 옮기려는 순간
뭉텅뭉텅 빠져나가는 낙엽
어제처럼
길에 스며들다

내 전생에는 몇 평의 밭이 있었을까

내 생에는 몇 평의 밭이 생길까
어디를 가도 밭을 보면 거기에 아버지가 계신다
허리 굽혀 괭이로 일하시는 아버지

한 평이라도 더 넓히기 위해 괭이를 외쳤던 아버지
괭이 잡은 손등엔 굵은 힘줄이 시위하듯 솟고
이마엔 언제나 피켓처럼 땀방울을 두르고

쉬는 날 없이 밭에 나가 시위를 하고
가난을 어깨에 퇴비처럼 지고 간 아버지
구름밭 위에서도 쉼 없이
시위를 하고 계실 아버지
빈 어깨를 만지는 것처럼
밭을 보면 언제나

실상사를 가다, 일요일

친구들과 재잘거리며 떠난 여행
뒤꿈치에 끌려 실상사를 찾는다
수련 붉은 빛이
극락전을 업고
실상사 앞마당을 가로지른다

머리를 하늘로 향하고 두 발로 땅을 딛고
밥숟가락이 들어가면 입을 벌리고 잠이 오면 눈을 감는
우리들
법문에 찰나의 깨달음이 내 몸을 뚫고 지나간다
벅찬 감동에 흐르는 생각은 막진 않았다
실상사 앞 수련
수줍게 입을 벌리고
봉오리를 살짝 밀어낸다

채찍 같은 큰스님의 법문
청량한 마음 품어 되돌아 나오는 길
사열한 승병들처럼 배웅해 주는
알 수 없는 이름의 풀과 꽃들

들어갈 때 못 본 정경들이
돌아서 나올 때 경전처럼 안긴다

간들거리는 바람에 땀을 뺏기고
발등에 석양을 얹으며

눈이 오면

회색빛 하늘
살얼음 바람
때늦은 눈이 흩날린다
창가에서 바라보는 눈은 황홀함을 담고
창 열고 한 발 내디디면 비로 변해 내 맘을 적신

흩날리는 눈 속에
꿈을 안고 살던 여고시절
물 빠진 갯벌 망둥이처럼 뛰던
그해 폭설에 친구가 빠졌다
이웃의 전갈에 선생님과 부랴부랴 달려갔던
산비탈 그 집 무너져 흔적만 남고

유별나게 눈 오는 날을 좋아하던 친구
눈을 따라갔을
눈이 되어 나에게로 왔을

눈 오면 내 옷에 앉은 눈을 함부로 털지 못한다
내 친구의 안부 편지

노랑 넥타이

남편을 보내고 울음과 함께 친구가 왔다
남편을 부둥켜안고 친구가 울었다
서러움을 모조리 토할 때까지 울었다
해 줄 수 있는 것이 없어 더 울었다

위로의 말이 없어
친구와 산을 찾았다
—언제나 같이 했는데 지금은 없네
하는 친구의 목멘 울음
넥타이처럼 산길은
우리를 조였다 풀었다

뒷덜미를 타고 흐르는 시간
오장육부를 그을리고 가쁘게 내뿜는 입김
남편처럼

걸어 다니는 가을

안개 속에서 불쑥 나타나
먼 여행에서 돌아온 소녀처럼 들뜬 가을

상기된 얼굴도
산으로 들로 마을로 장난처럼 아장거리며
세상의 도화지에 색들을 입히며 걸어 다닌다

밤 되면 귀뚜라미 가락에 몸을 적시고
가느다란 실바람에 코스모스 군무 이루면
푸른 달빛 속삭임에 마음을 뉘어 놓고
굳은 의지 목마름에 여울지는 가을노래

움직이고 변해가는 순간의 덫에
허우적거리는 존재의 넋두리에
가을은 관심의 얼굴로 위장해
끝없는 시간을 돌본다

다리 그림자

내주지 않아도 가슴을 열고
지나가고 또 지나간다
통행세도 내지 않고 지나간다

두 팔 벌려
떨어진 사연들을 긁어모아
위로의 친구가 되어

굳건한 두 다리로 서서
손에 묻은 이름
이승의 갈림길에서 서성이는 사람들

세월에 짓눌려
수많은 잔주름과 상처
곱살스러운 햇살
세상의 이야기보따리를 건네주는 다리
발바닥 밑을 간질이며 구르는 시냇물에게
우리 안에 있는 삶의 기억들을
벗어 주면 씻어 주리라

겨울 문장

기억의 아궁이에 장작불을 지핀다
그 겨울이
녹을 때까지

기억 속에 소름 진 추위가 붙어 있다
아무리 껴입어도 녹지 않는 시린 고드름
송곳이 나를 찌른다

주렁주렁 고드름
속절없이 가족을 묶고
바쁜 시간만 녹아 흐르고

고드름 창에 꼼짝 않는 아이
어린 날 동심 속
화롯가에 둘러앉아
잠이 든
순수한 입김에 창살을 하나둘씩 녹이는

눈 맞으며 기다리던 그리움 하나

겨울밤은 깊어져 들어갈 수 없는 오늘

긴 밤도 어머니의 바느질로 길어만 가고
불씨 같은 내일은 조용히 밝아오고

겨울, 그 겨울도 꿈을 꾸며
녹을 때까지 기억의 아궁이에 불을 지펴야겠다

장마

떠나간 친구와의 추억 한 움큼
습기 함께 가슴에 안기면
추적거리는 인연이 멈추질 않는

병든 어머니의 하루하루는
관절 속을 헤엄치고
점점 습관처럼 무디어져 소리 없는 비 소리
보낼 수 없어 내 눈엔 항상 장마

생활의 모서리에 부딪혀
쪼그라진 내 모습이 서러워
빈방에 주저앉아

달빛에 홀려
밖으로 나섰더니 솜털 같은 안개 속
찬란한 사랑
반가움에 다가가면 그만큼 멀어지는 안타까움
쏟아지는 빗줄기 멈추지 않는
〉

그치지 않을 것 같은 비
내일이란 온기로 말라가고
먹구름에 가려진 나의 일상
사이사이로 비추이는 햇살에 온몸을 말려
다시 뽀송뽀송 칠월

2부

정전

사방이 깜깜하다
스위치를 아무리 켜도 사물이 없다
무서움의 등 먼저 켜진다

어둠에 맞서 모지락스럽게 싸우고 나면
정적이 스멀스멀 지네처럼 기어와

눈 감고 들여다보면
온갖 생각의 발가락들

기어 다니는 정적들을 끌어 모아
똬리를 틀고 손톱으로 사방에 경계선을 긋는

사납게 우는 바람소리 들으며
허기진 여행을 꿈꾸는 나

날마다 생각의 색깔들을 입히며
오늘은 검은색
아니 붉은색으로 세상의 도화지에

마음의 스위치를 그린다

주전자의 통증

세월의 주전자에 끓는 온기를 담아
시린 절망을 짊어진 사람들에게
부어 주었으면 좋겠다

목마른 사람들에게
부드러운 햇살과 너의 온기를 더해
용기와 긍정의 물을 부어 줬으면 좋겠다

갈증 때문에 메말라 버린 가슴속을 비집고 들어가
갓난아기가 엄마 젖을 빨듯
뜨거운 용틀임으로 감동의 분수를 솟게 했으면 좋겠다

길바닥과 집 뒤에 떨어진
세상을 어둡게 하는 모든 것들
온기의 주전자로 물을 뿌려
반짝이는 이상과 재치가 날리지 않게
언제까지나 너를 품을 수 있게 했으면 좋겠다

여인의 둔부와 같은 너의 몸도

세상의 입들이 모인 너의 뾰족한 입도
나긋한 너의 가는 허리도
변하는 세월에 맞서
변하지 않기 위해 단단한 쇠로 무장해
뜨거움을 전했으면 좋겠다

화투 성분

조그만 담요 위 우주가 돌고 또 돈다
해와 달, 임과 이별
빛나는 광이 다섯
덤으로 공짜

오랜만에 형제들이 한 자리에 모여
남자들은 술과 정치, 집안얘기
여자들은 우주를 끌어안고

빙 둘러앉아 고소한 웃음과 농담 속에
배춧잎과 동전이 이리저리 걸어 다니는

환한 달이 눈짓을 보내오고
뜰 앞 푸른 솔이 학을 부리고
말 못하는 입가에 매화를 부르고

오동도 흐르고 정도 흘러
지친 달이 눈을 감으려 할 때
우주가 점점 좁아져 간다

이념의 질감

이념의 옷자락이
벽이 된 순수에 부딪혀
구겨지고

잠들지 못하는 내 의식
의심의 문고리를 바짝 당기며
창호지로 진화하는

무성한 가지
바람만 불면 서로 부대끼며 울듯
머릿속 내가 너무 많아
야윈 내가 바스락거리고

집 앞 운동장에 홀로
그리하여 뛴다
정한 목적지를 향해
움틀 이념을 향해
숨을 진정시키며 천천히
너에게로

동거

창문을 열었더니
바람과 함께 온 참새 한 마리
오던 길 몰라 이리저리 파드닥 파드닥

길의 흔적을 지워 버린 바람
창문 쪽으로 두 팔을 흔들며
길을 내려 했지만
바람의 길은 찾을 수가 없어
허수아비 모양 두 팔만 허허

애쓰다
바람의 길을 찾았는지
허공을 누르며 날아오르는 참새 한 마리

날아간 길을 응시하며
잠시의 동거에
온 집안이 파드닥거리며
비상을 위해
들썩거리는 나의 오후

울음의 온도를 발견하다

엄마가 보고 싶어 산소에
안겨 엄마의 온도를 느끼고

새끼 잃은 어미 소 울음
그렁그렁 울음을 달고 있는 어미 소의 눈

산 밑의 농장
그 많은 소 중에 한 마리
울음을 멈추지 않는다
가슴을 누르는 산 그림자 같은 울음
새끼를 잃어 길게 운다는 울음

앞산도 서럽게 맞받아 운다
이름 모를 산새도
애틋함을 울음으로 보태고
스물세 살 아들 잃은
내 엄마 온도

아궁이 앞에 앉아

아궁이 앞에 널브러진 휴지들
매운 눈물로
탁탁 가슴 치는 소리
매운 기침소리

그 잠깐의 굴뚝을 건너
활활 타오르면
모든 낱말들이
재가 된다

바람이 분다
아궁이 속으로 들어가
온기를 느껴 보지만
까만 사연들만 소복소복
쌓이는 아궁이

가을 손등

누가 천둥의 꼬리를 잡고 흔드나
화를 여기저기에 쏟아 붓고 있다
마당의 나무들
밤새 헝클어진 머리카락
붉은 빛을 떨구고

시간의 가지에
찰나 같아 나무의 입술

떼어지지 않는 한 장 그리움
다시 온다는 약속
여름 위에 외롭게 핀 국화 한 송이
차마 떼어내지 못하는
손

할머니와 버섯

여든의 할머니
버섯은 싫다며 떼러 가자신다
왜 하필 얼굴에 피었냐며

할머니, 나이도 많은데 그냥 지내시죠
손녀의 퉁명스런 말
나이가 많아도 여자야
예쁘고 곱게 늙고 싶어
할머니의 종균 같은 말씀

허구한 날
호미로 삶을 따고
허기로 끼니를 때우시던 할머니
이제야 버섯 떼러 가시는
우리 할머니

어떤 그리움

기계 작업을 위해
시멘트 포장을 하고
날카로운 쇠로 한가운데 선을 그어
강제로 떼어 놓는

몇 년이 흘러도
같은 하늘 쳐다보고
같은 달과 별을 보내고
같은 눈물 흘려도
서로를 잊지 못해
칼날 같은 바람에게 안부를 묻곤

저녁의 귀퉁이에
작은, 아주 작은
여리고 여린 꽃 한 송이
고개 두리번거리는 초승달

이빨 위에 떠 있는 몸살

더위를 우적우적 씹어 삼켜도
이불이 들썩들썩
이빨이 부딪는 소리와 신음이
래퍼의 랩처럼 쏟아내고

뜨겁게 내리는 비
병문안을 온 듯 물방울 실로폰 소리
가슴에선 안개 같은 물방울들이 피어나
진통의 원류가 되고

잦아드는 숨소리
비는 그치고 실로폰 소리만 남아
졸졸거리며 나를 일으켜 세운다

모시조개를 켜다

오랜만에 시장에 오니
새벽에 잡은 싱싱한 조개
홀린 듯이 한 됫박 사서 집에 와 펼쳐 놓으니
몸을 치장하다 들켰는지
황금빛 자태로 요염하게 앉아 햇살을 퉁기고 있다
꽉 다문 입,
얼마나 세게 물었는지 꿈쩍도 않아
뾰족한 칼날을 들이대니
컥컥거리며 검푸른 바다를 보여주는데
얼마나 바다를 물고 흔들었길래
안팎에 파도투성이

빨강 엄마

생활을 안고
한 계단 두 계단 올라갈 때마다
온 힘을 끌어 모아 괴성을 토한다
너희들은 아느냐고
걸어온 짐이 벅차
사지가 찢기는 아픔을

어머니
어머니 인생에 꽃이 활짝 폈어요
얼어붙은 세월에
눈물과 한숨의 영양분으로 빨갛게 폈어요
평생을 글자 몰라 소원하시더니
구십에서야
ㄱ자 하나는 확실히 안다고
언제부턴지 바닥의 칠판에
ㄱ 한 자 쓰려고
안간힘을 쓰네요

종이처럼 구겨진 어머니 세월

구릉마다 사랑인 줄 모르고 사랑하고
용서인 줄 모르고 용서하고
그것들이 싹이 자라서 빨강으로
우리의 푸름을 꾸짖어 주고

초점 잃은 눈동자
이승과 저승이 서로를 맞대고
무릎의 기운도 삭정이처럼 말라
온 방안을, 거실을, 주방을
팔꿈치로 기며 얼룩진
세월을 닦는 어머니

곳곳에 향기 풍겨
요양원에 가야 한다며
칠 남매 모두 바쁘다 시간 없다
사정없이 살점을 물어뜯는다
그것은 필시 마지막 추방서
흐릿한 초점으로
기꺼이 제 살점을 내어 주는
〉

어머니 이제는 편한 맘으로 쉬세요
가시처럼 박힌 짐들을 내려놓고
숫자 1도 배워 보시고
고개 들어 청명한 하늘도
처마 끝에 떨어지는
낙숫물 소리도 들어 보셔요

끝끝내 말 한마디 없이
어머니의 메마른 웃음이
서서히 말라 간다

전화기 입술

추적거리는 날
젖은 마음으로 서성일 때
따끈한 칼국수가 먹고 싶다는 친구의 전화

온유한 얼굴에 반웃음 달고
서로의 허물을 벗기듯 전신을 훑고
와락 안았다

끊어질 듯 이어지는 칼국수
우릴 닮았다며 끊어질까 살살 들이켠다
만삭처럼 부풀은 배를 보고
서로를 보며 젖은 마음 마를 때까지
웃고 또 웃었다

풀 먹인 베옷처럼
친구의 온기로 빳빳이 세운 내 마음

옷 벗는 가을이 오면
그땐 내가 먼저 눌러야지
칼국수 같은 손가락

김밥으로 불러 볼까

뽀얀 얼굴로 태어난 밥알
부추처럼 풋풋하고 향긋한 어린 시절
계란을 부치면 보름달 같은
환한 소녀시절이 그 속에 있고
게살처럼 통통 튀던 학창시절
당근의 기개로 심장을 활활 태우면
언뜻언뜻 드러나는 슬픔의 우엉뿌리
서서히 스며드는 단무지 같은 노란 외로움
흩어지지 않게 꼭꼭 묶는 검은 적막

내비게이션

휴대폰에 찍혀 온
이사 간 친구의 주소

무거운 길
내비게이션에 의지해
가볍게 도착했다

누구도 알 수 없는 나의 쓸쓸한 영광도
누구도 알 수 없는 나의 짜릿한 실수도
저당 잡힌 잘못도
후회도
무릎 꿇는 기도도

생의
내비게이션이 켜진다면
쭉 뻗어야 한다는
길게 드러누운 대로를
상큼하게 달려갔겠지

겨우살이

매일 콧등이 불그레한
심심한 웃음을 헤프게 던지는
등이 굽은 엄마의 아들

새벽부터 저울에 삶의 추를 달고
아들의 하루를 위해
이 골목 저 골목 폐지를 줍던

군대 갔다 오겠다며 웃으며 떠나
반년 만에 목발에 의지해 돌아온 외발의 아들
날마다 죽는다며 울분을 흔들고

엄마의 가슴에
아들의 외발이 손수레 되어
울컥울컥 게워내는 무거운 짐

3부

목련

흉측해라
결혼도 안 한 처자가
볼록하게 나온 배를 보고 쑥덕거리는

만삭에 누렇게 뜬 얼굴
부끄러워 고개 떨구는

태양처럼 뜨겁게 타올랐을까
너무 뜨거워 옷을 다 벗는 걸까

장미의 미소에 순정이 싹텄을까
떨어지는 허무를 안고 뒹굴었을까

겨우내 닭이 알을 품듯
정성 다해 사랑을 품어

봄 되니
부화하듯 가지마다 꿈틀꿈틀

손

고왔던 손, 억척을 쥐고
깊고 얕은 골에 놓았네

희망과 한숨을 교차시키며
먼 길을 정성 다해 닦았네

두꺼워지는굳은살을 뜯어먹고
아이들은 제자리를 찾고
늦가을 고욤처럼 마른 손
모진 꼭지 쓸어 모았네

쉬어 보지 못한 손엔 가시 돋아
불귀의 손수건으로 일생을 닦는데
문밖에 와 있는 이별이 손을 내미네

기다림

힘없이 흘러내리는 머리카락
굽어진 등줄기에 수척한 기다림을 지고
오늘도 어김없이 간이역 벤치에 앉아

산골생활 지긋지긋하다며 뛰쳐나간 외아들
소식 없어 저고리 고름에 수정방울 매달고
기차는 속절없이 세월만 동행하고

타박타박 걷는 걸음 긴 그림자 되어
끌고 온 반달
아들 앞길 비추려
집 앞 미루나무에 매달아 둔다

병원에서

들숨과 날숨이 교차하고
각각의 사연들이 서로를 견제하고
실핏줄 같은 목숨들이
거미줄에 걸려
오늘과 내일을 흥정하고

안타까움으로 단련된 중심 속
통증을 밝히는 손길
저울에 올릴 수도 없는 무게
통증이 모여 CT가 되고
고통이 모여 MRI가 되고

검은 거미가
정교하게 짜 놓은 투명 거미줄
병실마다 가득한 거미줄
절대자에 순종하는 목숨들
나비처럼 할딱거리는 목숨들
불빛에 흔들린다

구 남매, 그분은 안녕하신가

열여덟 개의 눈동자가 희번덕희번덕
아버지의 숟가락 하나 따라 오르내리고
자꾸만 침을 넘기고
배부르지 않는 침을 넘기고
신호와 눈치뿐인
쟁탈전이 시작되고

아버지 생일밥상에 오른 쌀밥과 고기
배부르다 반쯤 남기시면
밥상 위로 돌진하는 손

재빠른 손은 입가에 승리의 밥알 묻히고
느린 손은 쓸려나간 빈 그릇에 울음보 담기고
아버지는 안타까운 웃음만 흘리던 그 시절

이제 어른이 된 구 남매
함께 모이는 날이면
새록새록 그 모습이 떠올라
어린 날의 남은 아버지 밥
웃음으로 퍼먹고 있네

호랑 배추벌레

이 단순한 흙의 영토 안에서
등줄기에 붙어 시간을 갉아 숨구멍을 만들고
사방에 영역을 표시하고
태양을 거부한
연약한 털과 얼룩무늬로 형상화한 너

일생을 위해 잡은 터
골이 깊지 않는 민둥산을 오르내려도
한 치밖에 차지하지 못하는

너의 일생을 위해 배추의 일생을 갉아 먹는
내 일생을 위해 누구의 일생을 갉아 먹고 있는
두려움에 기도하게 하는 밤
나도 그만 내 영토로 돌아가야 할까부다

기도

뒷모습이 닮았다며 돌려세우던
핑계를 사랑으로 묶고

너 없이 못살겠다며 퀭한 눈동자로
끼끗한 부부의 연을 맺고

수수한 소박한 정원에 가시나무 하나 날아들어
조금씩 자리를 차지하며 틈을 벌려
별리의 아픔을 겪고

견딜 수 없는 뜨거움을 삼킨 저 도자기처럼
미동도 없이 버티는 나의 기도처럼
밤이 맑아지고 있다

흐린 그 여자

그 여자는 가슴 깊숙이 화덕을 묻고 산다
누구라도 건드리면 불꽃 피고
덧나지 않게 눈물을 바르고 또 바른다

아버지에게, 남편에게
대물림 된 모멸의 시간

얼어 죽지 않기 위해
묻어 둔 불꽃
가두려던 화덕 속 갇히고 말아
분노만 품었던 그 여자

쪼그라든 가슴 힘겹게 열어
오만가지 잡념들이 콩 튀듯 팥 튀듯 하는데
놀라 그만 길을 잃었다
나는

늙지 않는 모자

굽은 등 할머니
굽은 길을 꼬불꼬불 걸어
성황당 나무에 간절한 기도를 건다
객지 자식들 남들에게 꽃으로
나뭇잎으로 보이게 해 달라고

귀한 첫아들 얻어
뒷마당에 심은 감나무
할머니 등처럼 휘어진 가지에 대롱거리는 꼭지 하나
세월도 붉게 물들어 대롱거린다

할머니의 한숨처럼 함박눈이 쏟아지면
동구 밖 언덕에 앉아
먼 신작로를 향해 눈사람이 되어
20년 전 교통사고로 잃은 큰아들
그 날도 서러운 눈이 무심하게

굽은 등 할머니의 늙지 않는 모자
오늘도 애타게 대롱거립니다

멸치 방언

확성기에서 생멸치가 왔다는
이장의 목소리
가져온 생멸치에서
은빛 파도가 일렁인다

일찌감치 씻어 둔 장독
사투리와 버무려 넣는데
비릿하게 뛰놀던 어린 시절의
바닷가로 나를 끌고 간다
구령에 맞추어
그물을 틀면 은빛 물비늘 떼

작은 너의 몸짓 거친 바다도 품었건만
편견에 번쩍이는 나의 몸짓
평온한 바다도 품지 못하는몸짓
경상도사투리를 담근다

이슬의 장애

또르르 말아 쥔 길섶 이슬
서로를 당기다
사방으로 흩어져 화합의 흔적을 지우고

실뱀처럼 가느다란 오솔길
은밀하게 보내는 타전 길
칡넝쿨의 계략에 길의 흔적을 지우고

완성된 도자기
물레질한
바퀴의 흔적을 지우고

강으로 올라온 바다
긴 꼬리 강오름물고기
여정의 흔적을 지우고

봄을 지키려 달려온 매화
긴 추위와 바람의 흔적을 지우고
〉

까맣게 염색한 머리
삶의 등고선에 기댄 동동걸음
기억의 흔적을 지우고

끈질기게 발자국 흔들며 흘러가는 생의 흔적
천지에 꽉 들어차고

골목길 한적한

내 어릴 적 그 골목길
이리 구불 저리 구불
끝인가 싶으면 나타나고
다시 사라지고 점점 더 멀리
나타나고

친구들과 숨바꼭질
골목길 따라 숨으면
술래의 지친 목소리에
웃으며 나타나던 골목길

순이 집 담벼락엔 희망을 얹어 놓고
영희 집 담벼락엔 질투도 끼워 놓고
철수 집 담벼락엔 풋사랑도 숨겨 놓고
평상에 누워
보름달 한입, 두입 베어 물고
시시덕거리던

기억의 골목길

언제나 친구들의 시끌벅적한
하늘사막 박꽃처럼 피었다
유성처럼 사라져 간다

밀양 아리랑

깃발이 펄럭인다
음악이 운다
조명을 받으며 긴 소매 너울너울
바람 같은 춤을 춘다
무용수의 풀어헤친 머리카락
허공에 걸려 미동도 않는다
순간 정적이 나지막이 노래한다

아리랑 아리랑 아라리요
먼 세월을 걸어온 서러움이
춤으로 노래로
우리들 가슴속으로 녹아든다

남천강의 물줄기가
옛날과 오늘의 통로가 되어
이야기를 퍼다 나른다

아랑의 슬픈 전설을 안고
영남루 선비의 절개를 품고

남천강은 유순한 모습 유장하게 굽이져 흐르고
바람에 실려 온 아리랑의 노래를
남천강은 온몸으로 노래하며 흐른다

아리랑 아리랑 아라리요

고모의 소쩍새

필름처럼 한 장면, 한 장면씩 이어가며
긴 골짜기를 지나 닿은 고향집
뒷산 소쩍새가 나무라듯 운다

시집간다기에 달려온 황망함
고모가 며칠을 서럽게 울다
뒷산 소쩍새의 울음을 치마폭에 싸서
가마에 올랐다

다섯 살 차이 고모와 단짝
서로의 비밀을 함께 안고
날마다 뒷산을 생쥐방구리 드나들 듯

고모가 소쩍새를 품고 돌아왔다
친정에 가기를 소원해 업혀 왔다
뒷산 방구리만 바라보며 질긴
소쩍새 울음에 몸을 말리고 있다

바람이 된 어머니

어머니 우리 봄 오면 구경 가요
산에 들에, 바람 숨은 산골짜기에
새벽이슬에 함초롬 적신 꽃잎에 입맞춤하게

어머니 우리 여름엔 고향 강가로 가요
물새 노는 소리 들으며
도란도란 옛날얘기 꺼내 먹어요

가을 되면 단풍 옷 입고 단풍놀이 가요
시퍼렇게 멍들었던 어머니 일생 곱게 치장하게
깜빡거리는 등잔 불빛에 똘감 매달아 두고
우리 단풍 옷 입고 먼 데로 단풍놀이 가요

겨울 오면 넓은 들판이 순결을 지킬 때
어머니의 발자국 찍고 마음을 찍어
다시 햇살 다냥한 봄 오면 어머니
우리 끼끗한 사람 구경 가요

나리꽃

백마강인 줄 알았더냐
여섯 폭 치마를 뒤집어쓰고

떨어진 네 모습
그 옛날 백제 처녀
몇 마리의 개미만 조문객일 뿐

고고한 자태
단 한 번의 미소
넌 주검이 두렵지 않냐

강이 보이는
야트막한 토담 위

한 무더기의 나리꽃

서로 시샘하며, 자태를 다듬으며
옹기종기 서 있는
〉

결단코 흐트러짐 없이

여섯 폭 치마 수줍게 나리고

떨어지는 봄

한 달을 밤낮없이 연인과 방안에서 뜨겁게 뒹굴었다
얼마나 사랑을 갈구했는지 심장은 피멍
이마엔 물방울이 송글송글

담 너머
목이 긴 목련 커다란 눈으로 흘기고
개나리 줄지어 소문을 옮기느라 입술 노랗고
부끄러운 매화 고개 숙이고

겨우 내내 멀쩡했던 몸
봄 되니 가슴에선 바람소리
한기로 온몸을 쓰다듬고
각혈처럼 쏟아지는 눈물로 배웅하고
나의 봄은 올해도 이렇게 떨어졌다

4부

살이 몇 개나 삐져나와

살이 몇 개나 삐져나와
탈탈거리며 바람을 쏟아낸다
20년 전 부모님이 주신 거라 버리지 못하고
촘촘한 창살도 너를 가두지 못하고
바람으로 버리고

오늘이 오늘 같지 않고
어제가 어제 같지 않고
내일이 내일 같지 않을

다만 생각은 생각을 물어 버리지 못하고
허구의 창살만 만들기만 하고
창살 밖의 저 참새는 부러워 부리를 밀어 넣는

새처럼 빠른 바람에
버리지 못하고
눌러 놓은
생각이
뚫고 지나간다

여름에 걸려

내 몸은 해바라기
휘몰아치는 비바람에 비굴의 어깨를 빌려
먹구름 내려앉으면 돋아진 가시로 자해를 한다

여린 손목이 받쳐 든 커다란 접시
간절함을 키워 따뜻한 하늘을 품는다
길어진 생각에 까만 이유만 늘어가고
금이 간 내 마음 노란빛으로 물갈이를 한다

내 몸은 해바라기
너를 품고
해를 품고
하늘이 뚫어 놓은 길, 젖송이 같은 그리움 달고 걸으면
바지랑대 위 고추잠자리 경계선에 옴짝 못하고
빈틈을 주지 않는 거미줄 같은 팽팽한 여름
그 여름에 걸려 하루가 백내장을 앓는다

배부른 풍경

집에만 있자니 숨이 막힐 것 같아 강둑에 올라서니
노곤함이 등에 업혀 기지개를 켜고
띄엄띄엄 벤치에 앉아 있는 사람들
코로나19가 만들어 준 풍경

1벤치
노부부 나란히 앉아
먼 하늘에 마음 두고
햇살과 바람을 서로 아는 듯 어루만지고

3벤치
친구 사이인가
탁구공처럼 농담과 웃음소리로 한낮을 통통통 튕기고
승부가 궁금해 슬쩍 곁눈질하는 바람

5벤치
엄마와 아기
서로의 온기를 느끼며 눈을 맞추어 가는
까르르 아기의 웃음소리 행복 바이러스 사방에 퍼뜨리고
〉

7벤치
초로의 남자
고개를 떨궈 정말을 줍고
흘러내린 머리카락 쓸어 올리는 손가락 길고 새하얀 손

그 사람들 마을에
풍경의 전시회가
판유리처럼 아슬아슬하게
햇살에 미끄러지고 있다

강

마음 추스르려
강을 찾았더니
노을에 물든 강
화난 내 얼굴 같아
얼굴을 펴 본다

쪼그라든 손등의 주름
다 닳아 희미해진 잔물결 쓰다듬으며
움켜쥔 손안의 강물이 심하게 조리질한다

슬쩍 뒤돌아본 강
괜찮다고 고개를 끄덕이며
동그라미를 그리는

바다의 네 실핏줄
가리지 않고 품어
나를
강이 되게 해다오

산과 오르골

산을 오르다
숨이 차올라 주저앉아
돌아본 산길 사라졌다
삼켜 버렸나, 배고픈 나무들이

앞으로 갈 수밖에 없기에
올라가다
숲의 계략에 빠져 허우적거리다
살포시 뻗은 길에 내려섰다

미묘한 생각을 품고
조였다 풀었다
태엽에 감긴 오르골처럼
조정하는 대로
나는 산의 오르골 되어
오르락내리락

나는 없고
오르골만 놓여 있는 산

20년 후의 나를 만질 때

먼 길 떠나는 그대
부디 뒤돌아보지 말고 무념의 강을 건너

먼 길 떠나는 그대
내 소원 하나 들어주고 가소
밝은 눈, 조각 같은 귀, 달변의 입 놓고 가소서
남은 식구들 가없는 세월 나눠서 쓰게

먼 길 떠나는 그대
가시는 기억의 문을 꼭 닫고 가소서
그대 생각하며 뒤척이는 불면의 밤이 될지니

먼 길 떠나는 그대
빗물과 어둠은 남겨두고 가소서
내 눈물 시냇물 되어
밤새 어둠을 말갛게 씻어 줄

먼 길 떠나는 그대
기도와 소망을 품고 가소서

소쿠라지는 세상에 쓰러지지 않을
촛불의 뿌리를 깊게 내릴지니

먼 길 떠나는 그대
외롭지 않도록 내가 지은
따뜻한 신발 거두어 주소서

커피 향에 스며들다

수만 리를 건너와 내 안에 스며든
너를 생각한다
칼끝 같은 햇살에 살갗을 찢기는 아픔
번개의 꾸짖음과 적막의 별을 품고
속으로 속으로만 삼킨 너의 결심

카페에 들어서면 달콤 쌉싸름한 향내
코를 타고 미끄러지는 향내
무장한 마음 해제시키고 포근히 젖어 드는
각각의 이름이 붙은 까만 눈
추억 하나 툭 건드린다

여고시절 음악다방 구석진 자리에 앉아
뜻 모를 음악 곱씹으며 까만 장래에 절망하던 시절
눈물 또한 까만 커피였나

까만 피부 까만 눈동자
노동의 족쇄 헐떡이는 호흡으로 쉼 없이 흘러
세상 사람들의 위로와 휴식의 순교자로 승화되어

위대하게 스며든

네가 스며들 듯이
나의 외로움과 그리움도 아련한 향내로
내 혈관 속에 스며든다

탁란의 시절

탁란의 세상
뉴스에선 연일 입 모아 쪼아 댄다
거리에 나서면
여기저기 뻐꾸기 울음소리 시끄럽다

겨울인데도 허물을 벗어서 남에게 입히고
춥지 않다는 듯 시치미 뚝 뗀다
당신의 집에 발가락 한 개 들이지 못하는

촛불의 눈물로 둥지를 틀고
이념의 알로 부화시켜 자식을 불러
언젠가 세상을 뒤덮을
푸른 숲과 둥지를 주겠다고 귓가를 간질이는

또 봄이 오면
여기저기 울어대겠지
탁란의 시절이 왔다고
껍질을 누구에게 입힐 것인지
아가리를 벌려 걸려들기를 기다리며

놓지 않을 튼튼한 이빨을 뾰족하게 갈면서
순수하고 여린 둥지를 찾아 헤매겠지

회양목

잘 드러나지 않고 화려하지도 않는
속으로 은은한 향기를 품고
거친 비바람도
묵묵히 견뎌내는
죽어서도 기꺼이 몸을 내어 주는

자식을 위해
거친 삶의 나이테에 몸에 새기며
바위처럼 움직이지 않는

한결같은 향기를 품고
버팀목이 되어 주는
따라오는 옛날이 되어
가지 하나씩 떼어
지팡이가 되어 주는

세월을 삭이다

탐욕과 비리가
즐비한 식탁 위
음모의 촉수 날름대고
쪼아대던 입들이 무덤을 들어 올리고
살점은 뜯기고 뼈만 무덤을 채웠다

떨고 있는 한 사람
역류의 가시면류관 쓰고
입 없는 얼굴
무언의 칼날 품는다

자기가 몰고 온 인내와 외로움
건강한 햇살을 그리워하며
가시 같은 고통 힘겹게 삭인다

해일의 바다 걷히고
세월의 오선지에
그려질 시방세계

타이밍

긴 장마
그쳐
강에 나가 보니
흙탕물 위에 비양심이 엉켜 내려온다
폐비닐, 플라스틱, 온갖 잡동사니들
자맥질하는 스티로폼

나지막한 보를 지나며 뱉어내는 하얀 미들
떨어지는 귀퉁이에
자석처럼 양심을 끌어들여
정화시키듯 더 내려가지 못하게 빙빙 돌고
보라는 듯 스티로폼 몇 개가
목에 박힌 가시가 빠지듯 빠져나와 흘러간다

타이밍이다, 절묘하게
빙빙 돌다가 솟구치는 물결이
옆으로 밀어 주는 물결이
쏟아지는 물이
〉

집으로 돌아오는 길
한 방울씩 떨어지더니
몇 발짝 못 가 퍼붓고
몸에서 떨어지는 내 오수를 바라보며
쓴웃음으로 날리는
타이밍 한 동이

약속의 시계

시골에서 도시의 고등학교에 입학한
나를 대견해하시는 아버지
선물로 손목시계를 사 달라고 조르고 졸랐다

겨울방학에 사 주마 약속한 아버지
손꼽아 기다려
시외버스를 부풀려 집에 오니
내가 쓰던 앉은뱅이책상 위에
까만 시계 하나가 놓여 있다

성급한 마음에
손목에 차고 이리저리 살피고 있는데
슬픈 표정의 엄마,
반으로 접어 모서리가 다 닳아 해진 돈을 보여 주시며
몇 달을 모아 손목시계를 샀다는
지갑이 없어 주머니에 넣고 다니셨다는

그 뒤로는
손목시계를 차지 않는다

아버지의 약속만 차고 다녔다

바램의 수집가

환히 비추다
언제부터인지 가물거린다
쉽사리 꺼지지 못하고
사그라들다 소스라쳐
어둠 속에 잠겨 또 깜빡거리고

전쟁 치르듯
마구 돌진했는데

불치의 벌레탄
장기 곳곳을 사정없이 쏘아
토해내는 뼈아픈 후회와 분노

침대의 고지에서 힘겨운 반격을 해 보지만
속수무책 당하고 있는
피가 터져라 희망을 외쳐 보지만
대수롭지 않다는 듯
웃는 얼굴 철모를 눌러 써 보지만
〉

깜빡거리는 분계선 앞에
해 줄 게 없어
여기저기 소리 없는 물줄기
숨기기 바쁜 바램의 수집가

하루

노을이 몰아다 준 어슴푸레한 그림자 하나
그것은 묵정밭처럼 정리되지 못한 내 하루

아무런 생각 없이 돌려보낸 하루
말다툼에 비어 버린 하루
가까운 이의 죽음에 허탈한 하루
어제와 내일의 틈바구니에서 열병처럼 앓는 하루

거미줄처럼 정교하게 짜인 계획표
반짝이는 희망 하나 걸려들기를 끈기로 기다리며
끈끈한 타액 바르고 또 바르고

관절이 꺾여 버린 내 하루
어제라는 뼈로 다시 세워
오늘의 붕대를 감아 준다

여행

첫날밤 새색시의 살 냄새 같은 거
귀뚜라미가 간절히 울 듯 마음이 간절해지는 거
무심코 본 밤하늘 내 품에 안길 때처럼 황홀해지는 거
옥수숫대 속에서 굴러다니는 바람이
쉴 곳을 찾아 헤매는 목마름 같은 거
생활이라는 가면 속에 접어 둔 마음을 펼쳐 놓는 거
물방개가 논에서 바다 같은 세상을 탐하듯
낯선 천지를 탐하는 거 나비가 꽃을 바라보듯
내가 나를 들여다보는 거 엄마의 자장가
연꽃처럼 삶의 정화제가 되는
돌아와 누우면 그리움이 흐리지 않고 고여
또 다시 나를 일으키는 정렬되지 못한
내 발자국을 보려하는 거

8월 6일 오후 3시

장삼을 걸치고 춤추는 무희처럼
우아한 자태로 일렁이는 수숫대 사이로
가을이 살포시 뒤꿈치를 디밀고

고추잠자리 한 마리
구름이 가린 창백한 낮달을 희롱하며
허공을 핥았다 수줍음 같은

한낮이 풀어 놓은 열기
하늘과 땅의 경계를 허물고
초록은 더 짙고
아득한 곳으로 달려가는 시간의 굴렁쇠

백일홍은 붉은 입술 지웠다 그리기를 반복한 100일의
사랑놀음
능소화 긴 목 담 너머로 내밀어 나팔귀를 모아 뜨거운
소문을
수집하고
〉

찻길은 대문을 걸고 잠시 휴식을 취하고
나는 멋을 부리는 구름에게 불면증을 호소하는
서러워 참고 견딘 그림자를 데리고

속치마

긴 겨울잠을 자느라
따뜻한 햇살도 무시했더니
이상한 소문과 수런거림에
문밖을 나선다
사방에 바람난 여자들 이야기

성급한 산수유는 순산을 하고
복사꽃은 누구와 눈을 맞추고
꽃단장에 바쁘고
매화는 화사한 웃음으로
순결한 척 시치미 떼고
찬바람에 옷깃을 여미고
목련은 불룩한 배를 안고
소문이 부끄러워 고개를 숙이고
볼록볼록 벚나무는
몇 쌍둥이가 나올까 까만 눈을 깜빡거리고

들판에 나가 보니
모두들 소문을 퍼 나르는 삽날 즐비하고
〉

하늘거리는 아지랑이
나에게 추파를 던지고
갑자기 볼이 붉어진 가슴은
소문에 나도 들추어질까 속치마

갈치조림

손끝에 전해오는 묵직한 떨림
전신의 힘을 모아 당기니
은빛 파도가 나를 덮친다

그 넓은 마음
수없이 제 몸을 관통시켜
지친 삶 바드러운 길
펄떡펄떡 냄비 사이로
남은 파도가 넘친다

어린 날의 커튼이 걷히면
너의 뽀얀 속살에
앞다투어 내밀던 젓가락
그 육탈의 시간에
두 번 예를 모은다

서정적 온기에 담긴 그리움과 울음의 미학
― 김희자의 시세계

유성호(문학평론가/한양대 국문과 교수)

1. 서정적 언어로 갈무리한 기억의 축도

　김희자 시인의 첫 시집『산새가 등고선을 그리며 날았다』는 오랜 시간 속에 웅크리고 있던 그리움과 울음의 에너지를 서정적 언어로 갈무리한 섬세한 기억의 축도(縮圖)다. 시인 스스로는 "열정의 객기에 끌려온 시들"(「시인의 말」)이라고 겸사(謙辭)를 했지만 그 저류(底流)에는 삶에 대한 애착과 자유로움, 기억의 선명함과 복합성, 되돌아갈 수 없는 시간에 대한 아쉬움과 그리움이 모두 출렁이고 있다. 그만큼 김희자의 시는 삶의 내력을 회상하고 해석해가는 속성을 강하게 띠면서 서정시의 근원적 창작 동기가 자기 투영과 성찰에 있음을 증명하는 사례로 다가온다. 아닌 게 아니라 시인은 사물을 향한 외적 관심보다는 스스로의 삶에 대한 내적 기억을 구성함으로써 그 안에 남은 시간의 흔적을 수습하고 재현해가는 감각을 보여준다. 이 모든 과정이야말로 김희자 시의 제일의적 수원(水源)이라 할 만한 것이다. 이때 '기억'이란 지나온 시간에 대한 미화(美化)보다는 삶의 기억을 추스르고 견디는 쪽에서 발원하고 있는 것인데, 시인은 삶에 만만찮은 무게로 주어졌던 이러한 기억을 담아내면서 그 지층을 은은하게 돌아보고 있다. 우리는 이러한 시인의 언어를 따라가면서 그 안에 담긴 아름다운 사유와 외로되고 오롯한 감각을 만나볼 수 있을 것이다.

2. 시간예술로서의 서정시가 남겨가는 주름과 그리움

김희자의 시는 일관되게 서정적 차원에서 시작되고 완결된다. 그녀의 시는 인간 내면의 파동과 그것을 감싸는 언어에 의해 비로소 형태를 얻어간다. 서정시의 존재 이유가 삶에 대한 끝없는 질문과 궁극적 긍정이라는 점에서, 김희자 시의 삶에 대한 신뢰와 긍정은 그녀가 구축해가는 서정적 차원의 확고한 밑거름이 되어준다. 또한 우리 시대가 문학조차 공공연히 상품 미학으로 포장되고 있다는 점을 염두에 둘 때, 이러한 질문과 긍정의 힘은 서정시의 역설적인 정체성과 존재 이유를 선명하게 알려준다. 또한 김희자의 시는 우리로 하여금 삶의 상처들을 알아가게끔 해주면서도 삶의 본래적 지향인 존재론적 그리움을 느끼게끔 해주는 세계이다. 이 모든 것을 일러 우리는 시간예술로서의 서정시가 남겨가는 '주름'과 '그리움'의 세계라 부를 수 있을 것이다. 다음 작품을 먼저 읽어보자.

마음 추스르려
강을 찾았더니
노을에 물든 강
화난 내 얼굴 같아
얼굴을 펴 본다

쪼그라든 손등의 주름
다 닳아 희미해진 잔물결 쓰다듬으며
움켜쥔 손안의 강물이 심하게 조리질한다

슬쩍 뒤돌아본 강
괜찮다고 고개를 끄덕이며
동그라미를 그리는

바다의 네 실핏줄
가리지 않고 품어

나를

강이 되게 해다오

— 「강」 전문

    원래 '강(江)'은 그 유장하고 간단없는 흐름 때문에 장구한 역사나 인생에 많이 비유되어온 자연 형상이다. 김희자 시인이 강을 찾아 마음을 추스르고 있는 것도 그러한 상징의 역사성이 뒷받침을 하고 있기 때문일 것이다. 시인은 노을에 물든 강에 비친 얼굴을 펴보기도 하고 손등의 '주름'과 같은 희미해진 잔물결을 쓰다듬기도 한다. 여기서 '주름'은 물결 이미지로 채택된 것이기는 하지만, 인생의 굴곡을 함의하는 속성도 동시에 거느리고 있다. 말하자면 인생의 "수많은 잔주름과 상처"(「다리 그림자」) 같은 것으로 다가오는 것이다. 이때 '강'은 고개를 끄덕이고 동그라미를 그리면서 바다의 실핏줄까지 품어 안는 형상을 보여준다. 이처럼 '강'은 스스로 '강'이 되고 싶은 시인의 소망을 싣고 끝없이 바다로 흘러간다. 결국 '강'은 시인의 몸과 마음을 싣고 바다로 흘러가는 시간의 은유이기도 하고, 궁극적으로는 그동안 지탱해온 시인 자신의 생 자체를 환기하기도 하는 것이다. 융융한 흐름에 그러한 사유와 감각이 착실하게 얹혀 있는 셈이다. 다음은 어떠한가.

오늘도 어김없이
자신의 머리를 벽에 부딪고
가슴을 쥐어뜯는
쉴 곳을 몰라
허우적거리는

엄마보다 덩치가 큰 아들
아기 달래듯 달래 보지만
브레이크 없는 분노로
내동댕이치는
엄마

성한 곳 하나 없어
엄마는 아파할 겨를도 없어
눈을 떼지 못한
아들에게서

아들은
점점 가시로 자신을 감싸고
날개를 펴 보지만 제 가시에 찔려
흘러내린 피
엄마나무 끝에서 그리움을 쪼고 있다
 ―「엄마나무 끝에서 부는 바람」 전문

이번에는 '엄마-아들'의 관계적 유비(類比)를 노래한 작품이다. 아들은 머리를 부딪고 가슴을 뜯으면서 허우적거리는 모습으로 등장한다. 엄마와 아들 사이에 "브레이크 없는 분노"가 장벽으로 가로막고 서 있다. 그럴 때마다 엄마는 숱하게 내상(內傷)을 입지만 아들은 스스로를 강하게 감싼 채 방어기제를 굳건히 하고 있다. 물론 아들은 그렇게 날개를 펼 때마다 자신의 가시에 찔릴 뿐이다. 이때 시인은 '엄마나무'의 끝에서 그리움을 쪼고 있는 바람을 호출하여 '엄마-아들'의 관계론을 '나무-바람'이 그 것으로 이월해간다. 바람이 나무에 머물 듯이 모자(母子)의 관계도 자연스럽고 상호 수용적인 방향으로 전화되기를 갈망하는 마음이 이때 토로된다. 그것은 "바람이 잠잠해지면 그 자리에 그대로"(「손에 묻은 훈계」) 서 있는 나무의 생태학에 대한 시인의 신뢰와 긍정이 불러온 결과일 것이다. 나무 끝에서 바람이 쪼고 있는 '그리움'은 많은 세월이 지나고 찾아온 인생론을 암유(暗喩)하는 것일 터이다.

두루 알려져 있듯이, 서정시 안에 등장하는 자연 사물은 사실적으로 존재하는 것이 아니라 자연이라는 객체를 인간화하려 한 시인의 열망이 그 안에 착색되는 경우가 많다. 또한 그것은 삶의 국면과 긴밀한 관련성을 가지는 것이기도 할 것이다. 그러한 의미에서 한 편의 서정시 안에 착색된 자연 사물은 관조의 대상으로서 그 의미가 한 정되는 것이 아니라 시인 자신의 정서가 투사된 상관물로 나타나고 있는 것이다. 이번 시집에서 시인은 그것을 '강'이나 '나무' 같은 자연 형상으로 형상화하고 있다.

3. 아버지의 '노동'과 '약속'에 대한 그리움

김희자의 시에는 자신의 정신적 기원(origin)으로서 부모님의 형상이 많이 나온다. 누구에게나 가족 혹은 가족의 삶이란 가장 깊은 기억의 뿌리이자 지나온 시간을 직접적으로 거슬러 오를 수 있는 근원적이고 구체적인 실재가 아닐 것인가. 이때 시간을 거슬러 오르는 기억은 단순하게 과거를 재현하는 행위가 아니라 지나온 시간을 원초적 경험의 형식으로 바꾸면서 그것을 현재의 삶과 연관시키는 행위이다. 김희자 시인은 이러한 근원적 기억을 통해 자신의 존재론적 기원을 상상하고 되부르고 노래해간다. 그렇게 그녀는 자신의 존재론적 기원인 아버지와 어머니를 자신의 언어적 거소(居所)이자 삶의 우뚝한 상징으로 여기면서 자신의 시 안으로 소환하고 있는 것이다.

> 내 생에는 몇 평의 밭이 생길까
> 어디를 가도 밭을 보면 거기에 아버지가 계신다
> 허리 굽혀 괭이로 일하시는 아버지
> >

한 평이라도 더 넓히기 위해 괭이를 외쳤던 아버지
괭이 잡은 손등엔 굵은 힘줄이 시위하듯 솟고
이마엔 언제나 피켓처럼 땀방울을 두르고

쉬는 날 없이 밭에 나가 시위를 하고
가난을 어깨에 퇴비처럼 지고 간 아버지
구름밭 위에서도 쉼 없이
시위를 하고 계실 아버지
빈 어깨를 만지는 것처럼
밭을 보면 언제나
　　─「내 전생에는 몇 평의 밭이 있었을까」 전문

　김희자 시인의 기억에서 아버지는 '밭'의 노동으로 남
아 계시다. '괭이'나 '퇴비' 같은 구체적 세목이 노동의 사
실성과 핍진성을 환하게 드러낸다. 시인은 밭을 보면 어
김없이 떠오르는 아버지의 노동을 '외침/시위/피켓' 같은
계열체로 묶어낸다. 아버지는 밭을 넓히기 위해 시위하시
듯 애쓰셨고, 굵은 힘줄이 솟은 손등과 땀방울 맺힌 이마
와 퇴비를 진 어깨의 이미지로 또렷하게 남으셨다. 그렇
게 아버지는 '밭'의 인생을 사셨다. 일평생 가난과 싸우
신 아버지를 "빈 어깨를 만지는 것처럼" 떠올리면서 시인
은 과연 "내 생에는 몇 평의 밭이 생길까" 하고 물어본다.
시인의 마음에는 "묵정밭처럼 정리되지 못한"(「하루」) 자

신의 인생에 대한 굵은 회한과 다짐이 동시에 서려 있기도 한 것이다. 아버지의 애잔하고도 정결한 삶을 향한 연민과 그리움이 묻어나는 시편이다. 다음의 기억도 애틋한 그리움으로 가득하지 않은가.

시골에서 도시의 고등학교에 입학한
나를 대견해하시는 아버지
선물로 손목시계를 사 달라고 조르고 졸랐다

겨울방학에 사 주마 약속한 아버지
손꼽아 기다려
시외버스를 부풀려 집에 오니
내가 쓰던 앉은뱅이책상 위에
까만 시계 하나가 놓여 있다

성급한 마음에
손목에 차고 이리저리 살피고 있는데
슬픈 표정의 엄마,
반으로 접어 모서리가 다 닳아 해진 돈을 보여 주시며
몇 달을 모아 손목시계를 샀다는
지갑이 없어 주머니에 넣고 다니셨다는
>

그 뒤로는
손목시계를 차지 않는다
아버지의 약속만 차고 다녔다
　—「약속의 시계」 전문

시인의 고교 시절로 시간이 되돌아간다. 시골에서 공부하여 도시의 고등학교에 진학한 딸을 대견해하시던 아버지께 딸은 손목시계 선물을 졸랐다. 겨울방학이 되면 사주겠다고 약속하신 아버지는 결국 집에 돌아온 딸의 책상 위에 "까만 시계 하나"를 올려 놓아주셨다. 그런데 손목에 차고 이리저리 시계를 살피는 딸에게 어머니의 슬픈 표정이 얼비치는 것이 아닌가. 아버지는 딸과의 약속을 지키기 위해 모서리가 닳아 해진 돈까지 모아 손목시계를 사셨다는 말씀에 딸은 그 뒤로 손목시계를 차지 않고 "아버지의 약속"만 차고 다녔노라고 고백한다. 그 '약속의 시계'는, 앞에서 읽은 '노동의 밭'과 함께, 아버지에 대한 슬프고도 그리운 기억을 항구화해갈 것이다. 아마도 그 약속은 시인에게 "돌아와 누우면 그리움이 흐리지 않고 고여 / 또 다시 나를 일으키는"(「여행」) 힘이 되어주었을 것이고, "손끝에 전해오는 묵직한 떨림"(「갈치조림」)처럼 생의 지표 역할을 해주었을 것이다. 이토록 아름다운 기억을 '약속'으로 보존하려는 시인의 마음이 든든하게 번져온다.

원래 서정시는 지나온 시간에 대한 사후적(事後的) 경험의 형식으로 씌어지는 양식이다. 그것이 미래의 예감을 형상화하거나 시간 자체를 초월하는 것일지라도 그러한 지향 역시 시간 자체에 대한 가치 판단일 수밖에 없기 때문이다. 그만큼 서정시는 시간 경험과 기억의 재구성이라는 양식적 특성을 지니게 된다. 김희자 시인은 서정시의 이러한 속성을 누구보다도 일관되게 형상화하고 있는데 이를 통해 세상의 엄연한 이법(理法)을 매우 선연하게 보여준다. 그리고 이러한 과정을 통해 자연 서정을 통한 존재론적 그리움의 세계를 완성해간다. 아버지의 노동과 약속에 대한 아름다운 기억이 여기서 이렇게 깊이 있는 그리움의 몫으로 펼쳐지고 있는 것이다.

4. 시인이 사유해가는 '공양'과 '문장'으로서의 '시(詩)'

김희자 시인이 정성을 다하여 써가는 서정시는 삶의 다양한 형식을 그 안에서 다룬다. 우리는 서정시가 수행하는 이러한 공들인 탐색 과정을 통해 삶의 근원과 궁극에 대한 상상적 경험을 치르게 된다. 그리고 서정시가 환기하는 그러한 형식에 자신의 상상력과 경험을 투사하면서 삶의 소롯길을 걷게 되는 것이다. 김희자 시인의 이번 첫 시집은 서정시가 환기하는 이러한 삶의 형식에 대한 사유와 감각으로 매우 충일하게 다가온다. 그리고 그 삶의 형식은 '시(詩)'에 대한 지극한 사랑으로 번져와 우리의 마음에 스며들게 된다. 시인은 '꽃'에서 가장 성스러운 '공양(供養)'의 현장을 보고 그러한 사랑의 마음을 노래해간다.

산을 오르다 지칠 때쯤
빠끔히 내미는 표주박암자
댓돌에 놓인 하얀 고무신 한 켤레

여기저기 피어 있는 형형색색의 꽃
불두화 눈을 내리깔고
햇볕이 그늘새김하는 꽃살문 저쪽

법당 문 하나만 열어 놓고
삼배와 기도 속
숨겨 둔 발자국을 채우고

독경 소리
꽃들은 법문을 깨달아
향기로 산문을 넘나들고

오늘

꽃들을 모아
고무신 한 켤레
꽃밥 공양하고 있네
― 「꽃밥 공양」 전문

시인은 산을 오르면서 암자의 댓돌에 놓인 하얀 고무
신 한 켤레를 천천히 바라본다. 그곳은 '삼배'와 '기도'와
'독경'이 이어지고 있는 '법당'과 '산문'의 장소일 것이다.
성스러운 공간에 피어난 갖가지 꽃들은 스스로 '법문(法
門)'을 깨달아 향기로이 넘나들고 있다. 그곳에서 "고무
신 한 켤레"는 꽃밥으로 '공양'을 하고 있는 것이다. 이때
'꽃밥 공양'의 은유는 '시인 김희자'가 마음 깊이 생각하
는 '시적인 것'의 존재방식을 상징적으로 보여준다. 말하
자면 "때 묻은 내 마음 버리지 못하고"(「버릴 수 없는 어
제」) 살아갈 때 산문에 들어 비로소 "뒤집어 보아야 보이
는"(「위장술」) 세계에 근접하는 형식을 일러 '공양'이라는
행위로 치환한 것이다. 공양의 주체인 '고무신 한 켤레'가
깨달아가는 법문의 경지가 높고 깊기만 하다. 그리고 그
것은 어느새 김희자의 '시 쓰기'와 등가가 되는데, 그러한
공양의 상징은 '시 쓰기'의 직접적 형식인 '문장(文章)'으
로 서서히 옮아가기도 한다.

기억의 아궁이에 장작불을 지핀다

그 겨울이
녹을 때까지

기억 속에 소름 진 추위가 붙어 있다
아무리 껴입어도 녹지 않는 시린 고드름
송곳이 나를 찌른다

주렁주렁 고드름
속절없이 가족을 묶고
바쁜 시간만 녹아 흐르고

고드름 창에 꼼짝 않는 아이
어린 날 동심 속
화롯가에 둘러앉아
잠이 든
순수한 입김에 창살을 하나둘씩 녹이는

눈 맞으며 기다리던 그리움 하나
겨울밤은 깊어져 들어갈 수 없는 오늘

긴 밤도 어머니의 바느질로 길어만 가고
불씨 같은 내일은 조용히 밝아오고
>

겨울, 그 겨울도 꿈을 꾸며

녹을 때까지 기억의 아궁이에 불을 지펴야겠다

　　―「겨울 문장」 전문

　'꽃'의 기억에서 '겨울'의 기억으로 흘러왔다. 겨울은 시
인에게 '문장'으로 남아 '겨울 문장'이라는 제목을 가능
하게 해준다. 그래서 "기억의 아궁이"에 장작불을 지피면
서 시인은 겨울이 다 녹을 때까지 '겨울 문장'을 쓰고 있
을 것이다. 기억 속에서도 녹지 않는 고드름에 찔려도 꼼
짝 않는 아이의 동심 속으로 돌아가 순수한 입김으로 창
살을 녹이던 시절의 "그리움 하나"를 건져 올린다. 밤은
깊어져 불씨 같은 내일을 향해 천천히 흘러가던 겨울을
통해 시인은 기억의 아궁이에 불을 지펴 '겨울 문장'을 완
성해갈 것이다. 아련한 "시심을 건지려 / 문장의 촉수 사
방에 뻗어"(「청개구리의 휴거」)보면서 "외로움과 그리움
도 아련한 향내로"(「커피 향에 스며들다」) 번져가는 겨울
밤이 은은하게 깊어가고 있다.
　지금도 우리가 서정시를 쓰고 읽는 것은 그 자체로 우
주적인 진실이나 역사적인 흐름에 동참하는 일이기도 하
겠지만, 자신의 생각과 실천에 새로운 탄성과 장력을 부
여해가는 작업이기도 할 것이다. 물론 그러한 신생의 감
각은 지속성을 가지고 삶을 규율하기보다는 일상의 삶이
가지는 순환성에 인지적이고 정서적인 충격을 가함으로

써 자신을 반성적으로 바라볼 수 있는 에너지를 부여하게 된다. 이때 그러한 동참과 신생의 순간을 우리가 '깨달음'이라는 말로 집약할 수 있다면 서정시의 가장 중요한 기능 가운데 하나가 바로 그 깨달음에 있다고 하여 틀릴 것은 없을 것이다. 그러므로 우리는 좋은 서정시를 읽음으로써 미처 인지하지 못했던 어떠한 관념, 가치, 양식 등을 경험하면서 깨달음에 이르게 된다. 김희자 시인의 이번 첫 시집은 시인이 가장 근원적인 인생의 이법(理法)에 가닿는 깨달음의 과정을 담고 있고, 그것을 가능하게 해주는 것이 바로 시인이 깊이 사유해가는 '공양'과 '문장'으로서의 '시(詩)'가 아닐까 한다.

5. 뜨거운 통증과 처연한 울음의 미학

다음으로 김희자 시인은 생의 이법을 관통하면서 궁극적으로 가닿아야 할 자신의 실존적 모습을 다양하게 상상해간다. 이때 서정시를 통한 실존적 투사(投射)가 선연하게 이루어진다. 그것은 시인을 지탱하는 또 하나의 축이라 할 수 있는 구도(求道)의 열정과 깊이 연관된다. 이는 불가적 사유와 감각이 언뜻언뜻 보이는 그녀의 시가 자연스럽게 견지하게 된 태도로서, 시인은 사물과 내면의 관계론적 사유를 보여주면서 근원적인 것에 대한 한없는 열망을 노래한다. 그녀의 시세계는 바로 이러한 미학적 속성을 점증하면서 근원에 대한 열망과 형상적 추구를 꾸준히 해나간다.

세월의 주전자에 끓는 온기를 담아
시린 절망을 짊어진 사람들에게
부어 주었으면 좋겠다

목마른 사람들에게
부드러운 햇살과 너의 온기를 더해
용기와 긍정의 물을 부어 줬으면 좋겠다

갈증 때문에 메말라 버린 가슴속을 비집고 들어가
갓난아기가 엄마 젖을 빨듯
뜨거운 용틀임으로 감동의 분수를 솟게 했으면 좋겠다

길바닥과 집 뒤에 떨어진
세상을 어둡게 하는 모든 것들
온기의 주전자로 물을 뿌려
반짝이는 이상과 재치가 날리지 않게
언제까지나 너를 품을 수 있게 했으면 좋겠다

여인의 둔부와 같은 너의 몸도

세상의 입들이 모인 너의 뾰족한 입도

나긋한 너의 가는 허리도

변하는 세월에 맞서

변하지 않기 위해 단단한 쇠로 무장해

뜨거움을 전했으면 좋겠다

— 「주전자의 통증」 전문

　시인에게 아궁이가 "기억의 아궁이"이듯이 주전자는 "세월의 주전자"다. 많은 사물이나 현상이 그네들만의 오랜 시간성을 품고 있는 것이다. 그 "세월의 주전자"에 담긴 온기를 세상의 수많은 사람과 사물에 나누어주기를 열렬하게 소망하는 시인은, 절망을 짊어지거나 목마른 사람들에게 용기와 긍정의 물을 부어주기 원하고, 그렇게 뜨거운 용틀임으로 감동의 분수를 솟구치게 하고 싶고, 온기와 이상과 재치로 언제나 누군가를 품어주기를 희언해 마지 않는다. 이리저리 흔들리며 변해가는 세월에 맞서 "변하지 않기 위해 단단한 쇠로 무장"한 주전자에 담긴 통증을 넘어 그 안의 뜨거움을 전하고자 하는 것이다. "속으로 은은한 향기를 품고"(「회양목」) 있으면서 "저울에 올릴 수도 없는 무게"(「병원에서」)로 세상을 감당해가는 '시인 김희자'만 내공과 의지가 돌올하게 비쳐오는 순간이 아닐 수 없다.

엄마가 보고 싶어 산소에
안겨 엄마의 온도를 느끼고

새끼 잃은 어미 소 울음
그렁그렁 울음을 달고 있는 어미 소의 눈

산 밑의 농장
그 많은 소 중에 한 마리
울음을 멈추지 않는다
가슴을 누르는 산 그림자 같은 울음
새끼를 잃어 길게 운다는 울음

앞산도 서럽게 맞받아 운다
이름 모를 산새도
애틋함을 울음으로 보태고
스물세 살 아들 잃은
내 엄마 온도
—「울음의 온도를 발견하다」 전문

　시인은 산소에 안겨 엄마의 온도를 느끼고 있다. 새끼
를 잃은 어미 소의 울음이나 그 울음을 달고 있는 어미 소
의 눈을 본 적이 있다면, 마치 그러한 슬픔과 울음을 품
고 있는 듯한 엄마 산소가 떠오를 것이다. 산 밑의 농장에

서도 소 한 마리 울음이 멈추지 않는다. 그렇게 새끼 잃어 우는 "산 그림자 같은 울음"에 산새의 애틋한 울음도 공명한다. 그 순간 "스물세 살 아들 잃은 / 내 엄마 온도"가 사실적으로 오버랩되면서 시인은 그 과정에서 '울음의 온도'를 발견한다. 스스로 울음의 "징검돌이 될 때"(「전전긍긍 수집가」)를 상상하면서 '엄마'와 '어미 소'의 동일성을 전제로 "의지 목마름에 여울지는"(「걸어 다니는 가을」) 울음의 노래를 부른 것이다. 아름답고 처연하게 울려오는 울음이 아닐 수 없다. 그렇게 김희자 시인은 뜨거운 '통증'과 처연한 '울음'의 미학을 울려 퍼지게 하고 있다. 이는 이번 첫 시집의 가장 낮고 완강한 정서적인 중심축인 셈이다.

이처럼 김희자의 시에서 사람이나 사물들은 알맞은 화음(和音)으로 서로 어울리면서 가볍게 출렁인다. 그러나 그 출렁임은 격렬한 몸짓으로 이어지지 않고 사물과 사물 사이를 이어주고 채워주는 울음의 파동으로만 나타난다. 그 잔잔한 풍경 속에서 김희자 시인은 이미 제 영토를 확보하고 있는 사람이나 사물들에게 환한 생각과 이름을 주고 그들끼리 소통하게 하며 나아가 그들이 시인의 경험 속에 어떻게 깃들이게 되었는가를 탐색하고 표현한다. 이때 시인이 바라보는 것은 외따로 떨어져 있는 단자(單子)들이 아니라 서로 긴밀하고도 촘촘한 내적 연관성을 가지는 유기적 전체의 일부를 이루게 된다. 시인이 상상적으로 구성하는 사물들의 관계는 그 자체의 합리적 인과율이 아니라 시인의 경험적 시선에 의해 결속되고 있는 것이다. 융융하고 가없는 진중한 세계를 통해 시인은 이미 통증과 울음을 훌쩍 넘어서고 있다.

6. 서정의 원리가 성숙하게 구현되어가는 과정

앞에서도 강조했듯이, 서정의 원리는 시간을 둘러싼 경험과 깊은 관련을 가진다. 지나온 시간의 심연을 성찰하려는 의지는 '서정'이라는 시간성의 원리와 만나 자신을 드러내는 모티프를 강렬하게 표상한다. 이때 시간은 시적 대상이기에 앞서 시의 편재적 존재론이 된다. 그리고 시인은 그러한 시간의 움직임 속에서 삶의 '다른 목소리(the other voice)'를 들으면서 시간의 흔적을 상상적으로 수렴해간다. 따라서 김희자 시인에게는 시간과 기억이라는 두 개의 축이 매우 중요한 시적 대상이 되는 것이다. 『산새가 등고선을 그리며 날았다』에는 첫 시집에 담길 법한 존재론적 기원에 대한 탐색, 시를 사유하고 고백해가는 과정, 인상적 순간을 감각적으로 잡아내는 노력 등이 담겨 있다. 시인은 대상과의 동일성을 추구하는 서정 양식을 우리에게 선보이면서 가열한 실험 의지를 가지기보다는 안정된 형식에 자신의 진솔한 생 체험을 들려주고 있다. 따라서 그녀는 주체와 세계 사이의 균열에 통증을 느끼면서도 결국 그것을 치유하며 삶을 완성해갈 수 있다는 믿음을 가진 고전주의자라 할 것이다. 그녀의 첫 시집은 이러한 세계를 압축해서 보여주는 미학적 실증으로서 우리는 이번 시집을 통해 삶의 완성에 대한 시인의 집념과 만나게 된다. 그래서 이번 시집은 오랜 시간의 흐름에 즉한 심경을 담은 마음의 풍경첩이라고도 비유해볼 수 있을 것이다.

김희자 시인은 자신의 정서나 감각, 가치 판단을 짧은 언어 형식 안에 담아냄으로써 첫 시집의 장관을 이루었다. 우리는 그녀의 시를 읽음으로써 때로 정서적 위안을 얻기도 하고 때로 상황적 충격을 받기도 하며 때로 감각적 즐거움을 경험하기도 한다. 이때 그녀의 시에 나타난 정서는 비교적 가치 있고 숭고한 방향으로 그리고 균형과 조화를 이루는 방향으로 조직되어 있는 경우가 많다. 시인은 이번 첫 시집을 통해 삶에 대한 균형과 조화의 감각을 종내 보여준 것이다. 오랜 시간의 결을 담은 실존적 고백을 남겨주었고 세계와 사물로 확장되어가는 감각을 보여주었다. 그 안에 담긴 사유와 감각이 단연 아름답고 충일하고 애잔하고 깊다. 이제 김희자 시인은 이렇게 아름다운 첫 시집을 딛고 일어서면서 더 견고하고 깊어진 서정적 언어와 표상으로 한 걸음씩 나아갈 것이다. 이번 시집이 그러한 서정의 원리가 성숙하게 구현되어가는 과정을 예감케 해주는 교두보이자 출발점이 되어줄 것이다. 그래서 우리는 서정적 온기에 담긴 그리움과 울음의 미학을 완성한 이번 시집 다음 세계를 크나큰 믿음과 기대로 기다려보고자 한다. 더욱 심원하고 원숙해진 김희자 시의 미래상(像)을 소망하면서 말이다.

산새가 등고선을 그리며 날았다

1판 1쇄 발행	2021년 2월 26일
지은이	김희자
발행인	윤미소
발행처	(주)달아실출판사
책임편집	박제영
디자인	전형근
마케팅	배상휘
법률자문	김용진
주소	강원도 춘천시 춘천로 17번길 37, 1층
전화	033-241-7661
팩스	033-241-7662
이메일	dalasilmoongo@naver.com
출판등록	2016년 12월 30일 제494호